最好的
圣诞礼物

[英]迈克尔·莫波格◎著

[英]迈克尔·福尔曼◎绘

李淑琼◎译

安徽美术出版社

全国百佳图书出版单位

图书在版编目（CIP）数据

最好的圣诞礼物 ／（英）迈克尔·莫波格著；（英）迈克尔·福尔曼绘；李淑琼译. -- 合肥：安徽美术出版社，2018.11
ISBN 978-7-5398-8078-5

Ⅰ. ①最… Ⅱ. ①迈… ②迈… ③李… Ⅲ. ①儿童故事—图画故事—英国—现代 Ⅳ. ① I561.85

中国版本图书馆 CIP 数据核字（2017）第 317765 号

著作权合同登记号 图字：12171743
本书简体字版授予安徽美术出版社在中华人民共和国出版发行。

最好的圣诞礼物
Zuihao de Shengdan Liwu

[英]迈克尔·莫波格◎著　[英]迈克尔·福尔曼◎绘　李淑琼◎译

出 版 人：唐元明
责任编辑：刘 玲 周 畅　　　　　　　特约编辑：孙大霞　金荣丽　肖芳丽
责任印制：缪振光　　　　　　　　　　封面设计：陈 倩
出版发行：安徽美术出版社（http://www.ahmscbs.com）
社　　址：合肥市政务文化新区翡翠路 1118 号出版传媒广场 14 层
　　　　　邮政编码：230071
营 销 部：0551-63533604（省内）　　0551-63533607（省外）
经　　销：新华书店总经销
印　　刷：武汉市金港彩印有限公司
开　　本：787mm×1092mm　1/24　　印　张：2
版　　次：2018 年 11 月第 1 版
　　　　　2018 年 11 月第 1 次印刷
书　　号：ISBN 978-7-5398-8078-5
定　　价：29.80 元

如发现印装质量问题，请与我社营销部联系调换。
版权所有·侵权必究
本社法律顾问：安徽承义律师事务所　孙卫东律师

致所有参与1914年圣诞节
休战的两军士兵。

在布里德波特镇的一家旧货店里，我发现了一张卷盖式书桌。店主说，这是 19 世纪早期的书桌，是由橡木制成的。几年以来，我一直在寻找类似的书桌，但没找到价格合适的。眼前的这张书桌已经破败不堪了：卷盖破裂成了好几块；一条断腿虽说已经修好了，却修得粗糙难看；书桌一侧还布满了烧焦的痕迹。

这张旧书桌开价很低，而且，我想自己应该可以修好它，便买下了。修理这张书桌也许并不容易，可我终于有一张卷盖式书桌了。付完钱，我将它带回家，搬到车库后面的工作间。平安夜，亲戚们在屋里兴奋地欢闹、庆祝，而我只想寻得片刻的平静与安宁。于是，我走进工作间，开始修理书桌。

我把桌面上的卷盖打开，拉开一个个抽屉。事实证明，这是一项超出我预期的大工程。桌子的表皮几乎被剥离殆尽——显然曾经遭水严重浸泡过。看样子，这张桌子历经过水与火的双重浩劫。最后一个抽屉卡得很紧，我尽可能小心地拉出它，但没有成功。最终，我不得不握紧拳头，用力敲击抽屉。经过一番猛烈的击打，抽

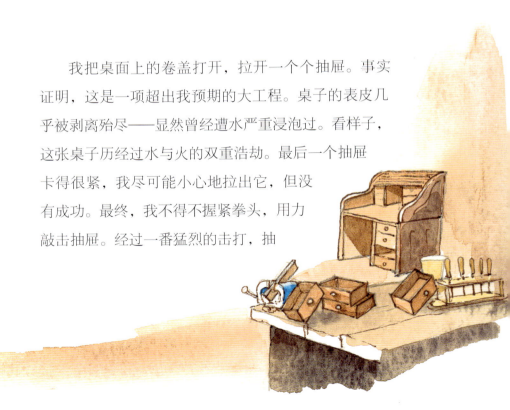

屉突然开了！下面露出了一个浅浅的、隐秘的小隔层，里面好像有什么东西。

我探手进去，取出一个小小的黑色锡制长盒。盒盖上贴了张带横线的纸条，上面歪歪扭扭地写着："吉姆的最后一封信，于 1915 年 1 月 25 日收到。最后，它将与我一同长眠。"

尽管明白擅自打开这个盒子是不对的，但我的好奇心还是战胜了顾虑。

　　盒子里真的有一封信。信封上写着："多塞特郡，布里德波特镇，铜山毛榉 12 号，吉姆·麦克弗森太太收。"我取出信，把它展开。信是用铅笔写的，最上面写着日期："1914 年 12 月 26 日。"

亲爱的康妮：

我正怀着无比愉悦的心情给你写这封信，因为我刚经历了一件激动人心的事，迫不及待地想和你分享。昨天是圣诞节，一大早，我们站在战壕里观察敌情。空气清新，四周宁静，一如我见过的每一个美丽的清晨，一如我度过的每一个寒风凛冽的圣诞节清晨。

真希望能告诉你，接下来的这件事是由我们发起的，但实际上，我要惭愧地说，它是由德国兵发起的。起先，有人看见德国兵的战壕内升起了一面白旗，它在半空中左右飞舞着。然后，他们朝我们大喊："圣诞节快乐，英国兵！圣诞节快乐！"喊声穿过无人区，贯入我们耳内。

我们惊讶不已，慢慢地，这边有些士兵开始回应道："也祝你们圣诞节快乐，德国兵！圣诞节快乐！"

我以为事情会就此结束，大家也都这么认为。可是，对面有个士兵突然站了起来。他穿着灰色大衣，手里挥舞着一面白旗。

　　"别开枪，伙计们！"我们这边有人大声喊道。我们当然没有开枪，所有人都静静地观望着。这时，又一个德国兵站上了胸墙，接着，又一个士兵站了上来。

"低头！"我提醒战壕内的士兵们，"这是个圈套。"但是，并没有什么圈套。

　　一个德国士兵把手里的瓶子举过头顶，一边用力挥舞着，一边大声喊道："今天是圣诞节，英国兵们！我们有杜松子酒，还有香肠，一起聚聚，好吗？"

在他说话的时候，很多德国兵已经穿过无人区，朝我们走来。他们没有一个人携带武器。

我们队伍里的二等兵莫里斯率先站了起来，他大声对我们说："走吧，伙计们！还等什么呢？"

没有人制止，也没有人说不去。作为英军将

领，在那种情况下，我本应该立即制止，但我没有这么做。两列不同的队伍，穿着灰色大衣的德国兵和穿着卡其色大衣的英国兵，一个接一个，慢慢地走向中间的无人区。我不知不觉也加入了其中。但之前我从来没想过，在兵戎相见的战争

期间，我们能够和平共处！

　　我的挚爱，康妮！你一定无法想象，当德国军官朝我走来，我们目光相接的那一瞬间，我有多么激动！他伸出温暖的手，热情地握住我的手，自我介绍道："我是汉斯·沃尔夫，来自杜塞尔多夫，原来在乐队拉大提琴。圣诞节快乐！"

　　"我是吉姆·麦克弗森上尉，"我说，"也祝你圣诞节快乐。我来自英格兰西部的多塞特郡，原来是一名教师。"

　　"啊，多塞特郡！"他笑着说，"我知道那个地方，还很熟悉呢。"

　　就着我带来的朗姆酒和他带来的美味香肠，我们边吃边聊。康妮，你一定没想到，他会说一口流利的英语！后来我才知道，他并没有去过多塞特郡，关于英格兰的所有知识，他都是在读过的英语书上学来的。他最喜欢的作者是托马斯·哈代，最喜欢的书是《远离尘嚣》。在这片无人区，我们谈到了《远离尘嚣》中的主人公芭丝谢芭·埃弗登、盖博瑞尔·奥克和特洛伊中士，谈到了多塞特郡，还谈到了汉斯·沃尔夫家中的妻子和他

刚满六个月的儿子。我环顾四周，发现穿卡其色大衣的英国兵和穿灰色大衣的德国兵遍布无人区，他们这里一群，那里一伙，或吞云吐雾，或笑意盈盈，或高谈阔论，或开怀畅饮、分享美食。康妮，我和汉斯·沃尔夫分享了剩下的圣诞节蛋糕，这美味的蛋糕可是你做的。他说蛋糕里的杏仁蛋白软糖是他吃过的最美味的软糖，这点我赞同。康妮，你知道吗？我和他对许多事情的看法几乎一致。可他是我的敌人！我从没想过，我会和自己的敌人度过这样一个圣诞节！

　　这时，不知谁找来了一个足球。于是，士兵们纷纷脱下厚大衣，堆出球门柱。我们意识到，在无人区的中央，将上演一场英国兵对德国兵的足球赛。汉斯·沃尔夫和我在旁边观战，还不时地欢呼、鼓掌、跺脚，当然，这样做也为了更暖和一些。有那么一会儿，我俩靠得很近，连呼出的雾气也在寒冷的空气中交织、相融。他也看到了，然后笑了。

　　"吉姆·麦克弗森,"过了一会儿,他说,"我想,结束这场战争的最好办法就是——一场足球赛。在足球比赛中,没有人会死去,没有孩子会变成孤儿,也没有妇女会变成寡妇。"

　　"如果可以选择的话,我更喜欢板球赛,"我说,"这样,我们英国兵肯定会胜出。"说完,我俩不约而同地大笑起来。接着,我们继续观看比

赛。康妮，遗憾的是，德国兵最终以二比一胜出了。但是汉斯·沃尔夫打圆场说，英国兵的球门比德国兵的远，所以这场比赛对英国兵不是很公平。

足球赛结束了，杜松子酒和朗姆酒已经喝完，蛋糕和香肠也吃完了。时间过得太快，我们都明白，分别的时刻来临了！我衷心祝愿汉斯一切安好，并告诉他，希望他能和家人早日团聚。我多希望战争早点结束，大家都能平安回家。

　　"这也是我们双方士兵所希望的，"汉斯·沃尔夫说，"保重，吉姆·麦克弗森。我永远不会忘记这相聚的时刻，永远不会忘了你。"

　　他向我行了个军礼，然后慢慢地、慢慢地往回走——我能感受到他心里的不舍。他转身向我

挥了挥手，就再也没有回头。他缓缓地走回战壕，身影渐渐融入几百号穿着灰色大衣的人流中。

那天晚上，在防空洞里，我们听到德国兵在唱圣诞颂歌——《平安夜》，歌声非常优美动听。作为回赠，我们这边的小伙子们也合唱了一首《牧人闻信》。就这样，双方轮

流唱了几首圣诞颂歌，然后都陷入了沉默。我们一起度过了短暂的和平时光。在有生之年，我将把这段时光永远珍藏于心。

　　康妮，我的挚爱！等到明年的圣诞节，这场战争将只是一场遥远而可怕的回忆。今天发生的一切，让我深深地感受到了双方士兵对和平的渴望与期盼。我敢肯定，在这种期盼中，我们很快就能重聚。

你的爱人 吉姆

我把信折好，小心翼翼地放回盒子里。因为擅自偷看别人的信，我感到无比羞愧。当然，我没有向任何人提起这件事。怀着复杂的心情，我彻夜未眠。第二天清晨，我知道自己该做什么了。

　　我找了个理由没有和家人一起去教堂，而是驾车驶向了只有几英里远的布里德波特镇。途中，我遇到一个遛狗的男孩，向他打听到了铜山毛榉 12 号该怎么走。

29

到了！我的眼前竟然是一片废墟：外墙被烧毁，屋顶完全裂开，门窗都用木板封住了。我敲开隔壁邻居的门，向他们打听麦克弗森太太的下落。一位穿着拖鞋的老先生告诉我，麦克弗森太太是位可爱的老太太，就是有点儿糊涂，但是对于她这个年纪的人来说，再正常不过了，因为她今年已经101岁了！房子被烧之前，她一直住在里面。没有人知道起火的具体原因，大家猜测是由蜡烛引起的。她喜欢用蜡烛，不喜欢用电灯，因为她总觉得电费太贵。好在消防员及时赶到，将她救了出来。老先生还告诉我，现在，麦克弗森太太住在伯林顿大楼的养老院，就在小镇另一端的多尔切斯特路旁。

我很快就来到了这所养老院，走进去，只见门厅顶上用纸链装饰着，门厅的一角有一株闪着小灯的圣诞树，顶端还立着一个歪向一边的小天使。我对工作人员说，我是麦克弗森太太的朋友，来拜访她，给她带了一份圣诞礼物。目光扫过食堂，我看见里面的每个人都戴着纸帽子，他们正在唱《好国王温塞拉斯》。女看护员头上也戴着帽子。她

似乎很高兴见到我，还用一份肉馅饼招
待了我。之后，她领着我穿过走廊。

"麦克弗森太太没有和大家
在一起，"女看护员边走边说，
"她今天特别糊涂，所以我们
让她好好休息，这样

可能对她更好。你知道的，麦克弗森太太没有亲人，也没有人来看望她。我相信，她看到你一定会非常高兴。"她把我带进一间暖房后，就离开了。房里有几把藤椅，周围摆放着几盆花。

一位老太太坐在轮椅上，双手合拢放在腿上，银色的发丝在脑后绾成一个发髻。此刻，她正凝视着外面的花园。

　　"你好！"我对她说。

　　她转过头，一脸茫然地看着我。

　　"康妮，圣诞节快乐！"我继续说，"我找到了这个，应该是你的东西。"

我说话的时候，她一直盯着我的脸。我拿出锡制长盒，递给她。在认出盒子的那一瞬间，她的两眼发出光彩，脸上洋溢着幸福和喜悦。

　　我向她解释我是如何买下书桌，如何发现这个盒子的，但是她好像压根儿就没听我说话。好长时间，她一句话都没有说，只是用指尖轻柔地抚摸着信纸。

突然，她紧紧地抓住我的手，眼里噙满泪水。"亲爱的，你说你会在圣诞节回家，"她说，"你真的回来了！对我来说，这是世界上最好的圣诞礼物。亲爱的吉姆，过来些，坐到这边来。"

我挨着她坐下。她亲吻我的脸颊："吉姆，我每天都要把你的信读好几遍。我在脑海里回忆你的声音。这样，我会觉得，你就在我身边。现在，你终于来了。你回来了，就能亲自读信给我听了。可以吗，吉姆？我想再听听你的声音。我是如此喜欢你的声音！我们还可以吃些茶点。我为你做了可口的圣诞节蛋糕，放了许多杏仁蛋白软糖。你有多喜欢杏仁蛋白软糖，我是知道的，我是知道的……"